Clockwork or All Wound Up

>>>>>

发条钟

【英】菲利普·普尔曼 Philip Pullman 著

李剑敏 译

上海译文出版社

Clockwork or All Wound Up

Copyright © Philip Pullman 1996
Illustrations © Leonid Gore 1998

图字：09–2021–0010号

图书在版编目（CIP）数据

发条钟 /（英）菲利普·普尔曼（Philip Pullman）著；李剑敏译. —
上海：上海译文出版社，2022.6
　书名原文：Clockwork or All Wound Up
　ISBN 978–7–5327–8935–1

　Ⅰ.①发… Ⅱ.①菲… ②李… Ⅲ.①儿童小说－中篇小说－英国－
现代 Ⅳ.①I561.84

中国版本图书馆 CIP 数据核字（2022）第 093053 号

发条钟 Clockwork or All Wound Up

［英］菲利普·普尔曼　著　李剑敏　译

选题策划 / 赵　平　责任编辑 / 朱昕蔚
装帧设计 / 严　冬　封面插图 / 言　成　内文插图 / ［美］列奥尼德·戈尔

上海译文出版社有限公司出版、发行
网址：www.yiwen.com.cn
201101　上海市闵行区号景路 159 弄 B 座
上海信老印刷厂印刷

开本 890×1240　1/32　印张 3.25　字数 23,000
2022 年 8 月第 1 版　2022 年 8 月第 1 次印刷
印数：0,001—8,000 册

ISBN 978–7–5327–8935–1/I·5537
定价：25.00 元

人生的发条，一定要上对了

陈赛

《三联生活周刊》资深主笔，著名童书译者

英国作家菲利普·普尔曼在写出了《黑暗物质三部曲》那样的大部头后，却认为这篇短小的《发条钟》是他生平最得意的作品，"因为它有一个完美的形状"。

到底是怎样一个完美的形状呢？

刚翻开书的时候，你大概会觉得很熟悉，像是在读一个老套的万圣节鬼故事：一个大雪纷飞的夜晚，德国某小镇的居民们聚集在一个小酒馆里，炉火烧得正旺，老黑猫在壁炉上打盹儿，酒馆里充满了香肠和泡菜、烟草和啤酒的怪味……

就在这个小酒馆里，三个关键角色同时出场了：钟表匠学徒卡尔、小说家弗里茨和酒馆主人的小女儿葛丽特。学徒卡尔正在为第二天交不出毕业作品而发愁。按照小镇的规矩，每个学徒都要在出师之日为镇上的一座大钟制作一具新人偶，整个小镇都在等着一睹他的杰作。小说家弗里茨讲了一个故事，关于一桩离奇的死亡事件——奥托亲王带着小儿子弗洛里安外出打猎，回来的路上却莫名其妙地死了。尸检发现，他的心脏不见了，被换成了一个发条装置的机械心脏。更诡异的是，虽然已经死去，他的尸体却仍然千里迢迢护送他的儿子安全归来。

这时候，你也许已经从奥托亲王的故事里嗅出点《弗兰肯斯坦》[1]的味道了。其实，我们普通人也经常创造出一些怪物般的想法，给自己的生活造成大大小小的灾难。

但是，等等，这个故事没讲完。更确切地说，这本来就是一个未完成的故事——弗里茨是个不负责任的作家，他想了一个惊悚的开始，却没想好结局，指望着某个突如其来的灵感能帮他完成这个故事。但是，就在他的故事渐渐靠近那个尚未完成的结局时，故事里的关键人物——机械心脏的始作俑者，也就是钟表大师卡尔梅尼乌斯博士本人出现在了小酒馆门口。

于是，弗里茨和其他客人落荒而逃，小酒馆里只剩下了卡尔梅尼乌斯博士与学徒卡尔两人。于是，一个浮士德[2]式的新故事解

---

① 《弗兰肯斯坦》被认为是现代科幻小说的鼻祖，讲述了一个叫弗兰肯斯坦的疯狂科学家制造了一个怪物并最终彼此毁灭的故事。
② 浮士德是一个欧洲中世纪传说中的巫师，他与魔鬼做交易，出卖自己的灵魂，以交换知识和权力。关于他的故事，最著名的就是德国大作家歌德创作的诗体悲剧《浮士德》。

锁了。

很显然，卡尔梅尼乌斯博士和卡尔之间也达成了某种交易。博士为卡尔献上了"铁魂骑士"作为他的出师之作；那么，卡尔的代价是什么？

在这里，我们暂且不表。但《发条钟》讲到这里，你大概已经发现了，这是一个嵌套式的故事，也就是说，一个故事里还套着另一个故事。

"嵌套叙事"是一个很复杂的文学理论，但普尔曼是一个为孩子和青少年写作的作家，他对复杂高深的文学理论和概念并无兴趣。对他而言，他只是借用了"发条钟"的形式而已。

什么意思呢？

在一次关于写作技艺的演讲中，普尔曼曾经谈到过《发条钟》的缘起：有一天，他站在伦敦科学博物馆的门口，盯着一个古老的教堂大钟看了半天，为这个人钟内部复杂的构造深深着迷。而且，你知道的，古老的大钟总是散发着那么一种诡异的气息……他想，一个故事有没有可能写成这个样子呢？故事的各种元素，就像发条钟里的弹簧、齿轮、钟摆，各就各位，环环相扣，因果相连，牵一发而动全身？

事实上，除了形式之外，在这个故事的一开始，普尔曼就借小说家弗里茨之口表达了发条钟与故事之间的另一层关联："一旦你给时钟上好发条，它就会没完没了走下去，实在有点吓人……有些故事也是这样。一旦上好发条，谁也阻止不了，不达目的誓不罢休；故事里的角色不论多么想改变命运，也是束手无策。"一旦上了发条，就建立了一种无可逃避的因果链条——这就是发条钟与故事的相同点。随着故事的进展，读者几乎能听到命运的齿轮转动的声音，滴、答、滴、答……坚定地、一丝不苟地、无可挽回地推动着故事往前走。

卡尔梅尼乌斯博士在讨论钟表匠的手艺时，甚至将其进一步延展到人生哲学上："我们可以控制未来，孩子，就像我们给钟表上发条一样。告诉自己：我一定会赢——我一定是第一名，就是你在给未来上发条。而这个世界除了服从别无选择！墙角那口老破钟的指针可以自己决定停下来吗？你手表里的发条可以自己决定上发条倒着走吗？不可以！它们别无选择。未来也是如此，一旦你上紧了发条……"

这当然是魔鬼的诡辩。一个行为必然会产生一个后果，但这个世界上除了人的欲念，还有很多其他因素，会决定一个人人生的走向，比如道德、意志，甚至运气。

注意，在这里，卡尔梅尼乌斯博士并没有要求任何回报（在类似的故事里，魔鬼们似乎总是表现得很大方），但我们知道，卡尔从接受"铁魂骑士"的那一刻起就已经"上了发条"，从而牵动了后续的一系列因果链条，并最终导致了他自己的覆灭。问题是，这个发条到底是魔鬼上的，还是他自己上的呢？

在这里，你会发现，原来这个故事是在谈选择，谈人的自由意志，更是在谈人的责任。如普尔曼所说："我意识到我可以用这个故事来讲责任不可推卸的本质。如果你有一个孩子，你就应该照顾他。如果你许下一个承诺，就应该实现它。你开始了一项任务，就应该完成它。如果你开始讲一个故事，而人们在听，你就应该把故事讲完，而不是中途跑掉。"

普尔曼曾经说过："'汝不可……'的诫条很快会被忘记，而'从前……'会持续永远。"故事是世界上最重要的东西。它们滋养我们的想象力，帮助我们用不同的目光看世界，思考人生最重大的问题。我们不需要是非的清单、对错的图表，而是书、时间和沉默。

《发条钟》就是一个以"从前……"开始，以"从此幸福地生活在一起"结束的童话。故事的最后一环，也就是小女孩葛丽特和发条小王子弗洛里安之间的故事，你想到《匹诺曹》也好，《绒毛兔》也好，总之是一个关于爱的故事，爱能赋予生命，创造奇迹。

童话不擅长为它的主人公们提供深刻的心理成长路径，但它惩恶扬善，以最朴素的方式给人以希望。就像在这个故事里，善意、同情、温暖、勇气都得到了回报，而懒惰、贪婪、自私的野心和不负责任最终都招致厄运。所以，请记住，人生的发条，一定要上对了。

CONTENTS

目录

序言

想当年，也就是这个故事发生之时，时间由发条钟掌管。我说的是真正的发条钟，弹簧、齿轮、钟摆一应俱全。经过一番拆解，你就能明白它的工作原理，以及如何再把它装回去。如今，时间由电流和振动的石英晶体以及鬼知道是什么的玩意儿掌管。你还可以买到那种太阳能电池板供电、通过接收无线电信号每天好几次自动校正时间的手表，误差不会超过一秒。诸如此类的钟表，不揣浅陋，没准儿也是由魔法驱动。

真正的发条钟相当不可思议。比如弹簧，闹钟用的那种主发条，回火钢丝制成，尖头利得可以刺得手指流血。放在手里摆弄，一不小心就会跳起来，像蛇一样朝你猛击，甚至刺瞎你的眼睛。又比如重锤，驱动教堂大钟的铁块。如果重锤掉下来的时候，你的脑袋恰好在正下方，准保被砸得稀巴烂。

可是加上几个齿轮和销钉，一个来回摆动的摆轮或者一个左右晃荡的钟摆，弹簧的力道和重锤的重量经由传导，就会驱动钟表的指针，人畜无害。

　　一旦你给时钟上好发条，它就会没完没了地走下去，实在有点儿吓人。指针有规律地绕着表盘移动，好像很有主意的样子。滴，答，滴，答！日拱一卒，逐渐把我们带向坟墓。

　　有些故事也是这样。一旦上好发条，谁也阻止不了，不达目的誓不罢休；故事里的角色不论多么想改变命运，也是束手无策。这个故事就是其中之一。既然上好了发条，我们这就开始。

第一部分

很久很久以前（时间还是由发条钟掌管的时候），一个德国小镇发生了一件怪事。其实是犹如钟表零件严丝合缝的一连串怪事，但每个人只瞅见不同的片段，没有人一睹全貌。我将竭尽全力，为你们一一道来。

那是一个寒冬之夜，镇民聚集在白马酒馆。大雪从山上呼啸而来，教堂大钟被大风刮得片刻不得安宁。窗玻璃满是水汽，炉火烧得正旺，老黑猫普奇在壁炉上打盹儿；酒馆里充满了香肠和泡菜、烟草和啤酒的怪味。葛丽特，小小的女招待、老板的女儿，端着冒泡的酒杯和冒汽的托盘，忙前忙后。

门开了，肥厚的雪片打着旋儿进来，一碰到店堂的热气就化成水渍。来者是钟表匠赫尔·林格曼和他的学徒卡尔，两人又是跺靴子又是抖大衣。

"赫尔·林格曼！"镇长大声招呼，"来，老朋友，过来

跟我喝点啤酒！给小伙子也来一杯，叫什么名字，你的徒弟。"

学徒卡尔点头致谢，一个人溜到角落里坐定，阴沉着脸。

"你那个姓甚名谁的小徒弟咋回事？"镇长说，"他看上去像吃了苍蝇一样。"

"哦，别担心，"老钟表匠走到桌边，与他的朋友们坐一块儿，"他是为明天发愁。明天他就出师了，明白不？"

"啊，怪不得！"镇长说。此地有一条规矩，学徒要在出师的大日子为格罗肯海姆的大钟做一具新人偶。

"所以，我们的教堂钟楼要添新丁

夏洛书屋·发条钟

格罗肯海姆的大钟堪称全德国最令人叹为观止的机械装置。如果你想尽览钟里所有人偶，得花上一整年的时间，因为结构实在太复杂，必须十二个月才能运行一遍。钟里该有的圣人一个不缺，只在他们自己的节日里露面；还有死神，拿着他的长柄大镰刀和沙漏；人偶总数超过一百种。赫尔·林格曼掌管这座大钟。我敢保证，这大钟在世上绝无仅有。

了！哦，真是让人期待。"

"记得当年我出师的时候，"赫尔·林格曼说，"那可真是寝食难安，老是担心新人偶亮相的时候出问题。要是齿轮没算对怎么办？要是发条太硬了怎么办？要是——哦，诸如此类的，在你脑海里翻腾。这事儿责任重大。"

"也许吧，可是我从未见过那小子如此忧郁，"有人说，"虽然最得意的时候，他也总是闷闷不乐。"

在其他酒客看来，赫尔·林格曼好像也有点儿消沉，但他和别人一起高举酒杯，换了个话题。

"听说小说家弗里茨今晚打算朗读他的新故事。"他说。

"好像是，"镇长说，"但愿不会像上次他读的那个故事那样恐怖。你知道吗，那天晚上我被吓得醒过来三次，真是毛骨悚然，你想想看！"

"在这儿听他念，还是回去自己读，哪个更可怕，我分不清楚。"有个人说。

"自己读更可怕，相信我，"另一个人说，"刺骨的寒意从你的脊梁骨渐次上升，即便你知晓之后将发生什么，你还是忍不住会跳起来。"

接着他们又开始争论听鬼故事时哪个更恐怖：你对即将发生的一切一无所知（因而让你大吃一惊），还是你对即将发生的一切了如指掌（因为一直悬而未决）。他们都很喜欢鬼故事，尤其是弗里茨的作品，因为他是一个很有天赋的作家。

他们聊天的对象，作家弗里茨先生，是一个看上去无忧无虑的小伙子，正自个儿在店堂另一头吃晚饭。他时不时与老板开个玩笑，与邻座说说笑笑，等用过饭，他又要了一大杯啤酒，拢起盘子边那堆凌乱的手稿，走过去跟卡尔说话。

"嗨，老伙计，"他兴高采烈地说，"明天可是大日子，一切都已准备就绪？我可是迫不及待！你打算给我们什么惊喜？"

卡尔沉着脸，把头转向别处。

"艺术家的气质，"老板卖弄聪明，"干一杯，然后再来一杯，为了明天的大日子。"

"搁点儿毒药进去，我就干。"卡尔低声嘀咕。

"什么？"弗里茨说，简直不敢相信他的耳朵。他们俩坐在酒馆的远角，弗里茨动了动身子，背对所有人，好与卡尔私下里说话。

> 艺术家的气质！胡说八道！哪有这玩意儿。半吊子才有所谓的气质。真正的艺术家接了活就全心全意，生怕出点儿差错。再有人跟你谈论艺术家的气质，你基本可以断定他们是在胡说八道。

"怎么回事，老伙计？"他低声说，"你为你的杰作辛苦了几个月！你担心的肯定不是这个，对不对？它绝对不会让我们失望的！"

卡尔盯着他，脸上痛苦不堪。

"我一个人偶也没做，"他喃喃自语，"做不出来。我完蛋了，弗里茨。大钟明天就要鸣响，大伙儿翘首以盼，准备大饱眼福，可是什么也没有……"他轻声呻吟，又把头转向别处。

"无颜以对！"他又说，"我现在就应该从钟楼一跃而下，以此谢罪！"

"哦，不要，千万别这样！"弗里茨从未见过他的朋友如此痛苦，"你应该跟赫尔·林格曼聊一聊，征求他的建议，就说你的创作碰到了障碍——他是一个体面的老好人，一定会帮你脱困的！"

"你不明白，"卡尔激动地说，"一切对你来说都不费吹灰之力。你只要坐在桌前，动动纸笔，就文思泉涌！你不明白几个小时辛辛苦苦满头大汗却一无所获，材料说断就断、工具说钝就钝，抓破头皮却不能在旧主题上找出新花样的痛苦——我跟你说，弗里茨，这么长时间了，我的精神没有崩溃已是万幸！好了，要不了多久了，明天一早你们所有人都可以取笑我。一败涂地的卡尔。无能的卡尔。数百年来第一个失败的钟表学徒卡尔。我不在乎。我本该被冰块压着自沉河底。"

说起创作的艰难，弗里茨本该发声打断卡尔。故事跟钟表一样难以拼凑，而且一不小心就很容易出错——只消看看弗里茨的一两页手稿即可。只不过弗里茨乐观，卡尔悲观，这也是全世界所有人的区别，概莫能外。

　　在壁炉上打盹的老黑猫普奇醒了，跑过来用背部蹭卡尔的腿。

　　卡尔恶狠狠地踢了它一脚。

　　"别这样。"弗里茨说。

　　卡尔只是沉着脸，把酒一饮而尽，用手背擦擦嘴巴，然后大杯子往吧台上一掼，继续要酒。

　　年轻的女招待葛丽特着急地瞅着弗里茨，因为她还是个孩子，以卡尔目前的样子，她不确定是否要给他加酒。

　　"再给他来点儿，"弗里茨说，"他没醉，可怜的家伙，只是不开心。我会盯着他，你别担心。"

　　葛丽特于是又给卡尔倒了些啤酒，钟表匠的学徒皱着眉头，转身就走。弗里茨虽然担心，但无法继续陪他，因为主顾们已经在召唤了。

"来吧，弗里茨！我们的故事呢？"

"天下没有免费的晚餐！来吧！我们等着呢！"

"这回讲什么？骷髅，还是幽灵？"

"我倒希望是血腥的谋杀！"

"都不是，我听说他这回准备了很不一样的东西，让人耳目一新的那种。"

"我有预感，前所未有的恐怖。"伐木工老约翰说。

酒客们继续要酒，以给自己壮胆听故事，同时把烟斗装满，舒舒服服地坐着；弗里茨则把手稿整理好，坐在火炉边他的位子上。

说实话，比起以前那些故事之夜，今晚让弗里茨最不舒服，因为卡尔对他说过的一番话，也因为故事的主题——或者说故事的开头。总之，这个故事跟卡尔无关。主题全然不同。

（还有一个个人理由让弗里茨紧张——故事还没有写

完。开头他写得很好，也很吓人，但结尾还没有头绪。他想慢慢上发条，让故事动起来，时候到了，该收尾就收尾。就像我说过的，他是一个乐观主义者。）

"我们都等着呢，"镇长说，"真是满怀期待，哪怕它让我骨寒毛竖。故事叫什么名字？"

"叫——"弗里茨欲言又止，紧张地扫了一眼角落里的卡尔，"叫《发条钟》。"

"哈！再合适不过了！"老赫尔·林格曼大声叫唤，"听见没，卡尔？向你致敬呢，孩子！"

卡尔沉着脸，低头盯着地板。

"不是，不是，"弗里茨急忙说，"这个故事跟卡尔，也跟我们镇上的大钟无关。压根不一样。只不过凑巧叫《发条钟》而已。"

"随你便，赶紧的，"有人说，"我们等不及了。"

弗里茨清清嗓子，理理手稿，读了起来。

弗里茨的故事

　　几年前宫廷里头发生的那件怪事，想必你们还记得？虽然他们各种掩盖，一些细节还是传了出来，说起来真是难解之谜。据说奥托亲王带着他的小儿子弗洛里安外出打猎，同行的还有一位王室的老朋友斯泰尔格拉茨男爵。也是今天这样的隆冬时节。他们乘坐一辆雪橇，朝山上的狩猎行宫进发，为了御寒所有人从头到脚裹得很紧，预计一两个星期之后才会回来。

　　人算不如天算，仅过了两个晚上，在王宫大门执勤的守卫发现马路上有动静，马儿高声嘶鸣——惊慌失措地嘶鸣——好不热闹；他不敢肯定，看样子好像是一个疯子赶着一辆雪橇向王宫而来。

　　守卫拉响警报，点起灯来，等雪橇靠得更近，他们发现

的确是王室的雪橇，就是前两个晚上亲王带走的那辆。它在惊马身后飞驰，压根不想停下来的样子；守卫长下令迅速打开王宫大门，以免雪橇撞上。

千钧一发之际，雪橇冲进了王宫。雪橇在院子里绕来绕去，因为马儿吓得不敢停下脚步。这些可怜的牲畜口吐白沫、大汗淋漓、翻着白眼，眼看着雪橇在院子里停不下来，直到一边的冰刀绊到了骑马台，一场闹剧才得以收场。

骑手摔落在地，雪橇后部也有一个包裹掉了出来。一个仆人赶紧捡起来，发现小王子弗洛里安被包在一条兽毛毯子里，身上暖乎乎的，安然无恙，睡得正香。

至于马车夫……

守卫靠近一看，不是别人，正是奥托亲王。他早就断气了，硬如坚冰；眼睛瞪得浑圆，直视前方；左手死死揪住缰绳不放，最后实在没招的守卫们只得割断缰绳。最让人惊诧的莫过于他的右胳膊还在挥舞鞭子，一上一下，一上一下，一上一下。

他们把亲王藏好，以免王妃瞧见，然后带着小王子弗洛里安去见王妃，证明他还活着，什么事没有，因为他们就这么一个孩子。

可是奥托亲王怎么办？他们把尸体偷偷带入王宫，赶紧叫御医。他是一个可敬的老头，在海德堡、巴黎和博洛尼亚深造过，发表过一篇关于灵魂居于何处的论文，在地质学、水文学和生理学上皆有深厚造诣。可是此等咄咄怪事，就连他也未曾耳闻目睹。一具不肯消停的尸体！想想看！躺在冰冷的大理

> 过去，灵魂居于何处的话题众议纷纭。有的哲学家认为灵魂居于大脑，有的认为在心脏，有的认为在松果体①，不一而足。他们甚至在人死前死后分别称重，以探究灵魂离开身体后体重是否减少。答案究竟为何我不得而知。

---

① 松果体又名脑上腺。淡红色，椭圆，形似松果。位于间脑顶上方。松果体在童年期较发达，7岁后开始逐渐萎缩，成年后不断有钙盐沉积。不过，它虽然位于大脑内，却不是大脑的组成部分，而是单一的器官。对松果体颇有研究的笛卡儿认为，人类由身体与灵魂组成，松果体就是身体与灵魂的连接点。——译注

石停尸台上，右胳膊不停挥舞鞭子，压根没有停下来的迹象。

御医轰走仆人，锁上门，拿着油灯靠近，弯腰仔细端详。亲王不得体的着装引起了他的注意。于是，他小心避开不断挥舞的右胳膊，逐一解开披风、裘皮大衣、夹克和衬衣，让亲王的胸膛敞露着。

果然，心脏上方有一道切口，毛手毛脚地缝了一二十针了事。御医拿起剪刀，剪去线头，然后他惊得差点儿晕倒在地——伤口打开后，他发现亲王的心脏不见了。相反，那里多了一个发条小装置：若干齿轮、弹簧和一个摆轮，与亲王的血管精巧地嵌在一起，欢快地滴滴答答，正与亲王右臂挥鞭的速度一致。

御医惊得不停地画十字，喝了一大口白兰地才缓过神来。其六神无主的样子，毋须我多费唇舌，你们自可想象。试问谁不会如此？此后他小心翼翼剪去连接物，取出发条装置，结果，一直挥舞的胳膊立刻垂落不动。

故事讲到这儿，弗里茨停下来喝了一口啤酒，也观察一下听众的反应。小酒馆鸦雀无声。每个客人呆若木鸡，好像死了一般，除了瞪得浑圆的眼睛和惊悚的表情。

他从未如此成功过！

他翻动手稿，继续读下去：

弗里茨的故事（接上文）

御医缝上奥托亲王的伤口，对外宣称亲王死于中风。但扛过尸体的仆人不以为然，死人就是死人，哪怕他的胳膊还会动；总之，官方认定的版本是奥托亲王死于脑挫伤，但父爱让他在一息尚存之际，把儿子安全带回了家。全民哀悼六个月，葬礼之隆重毋须多言。

至于另一位狩猎参与者斯泰尔格拉茨男爵的遭遇，没人知道。整件事成了一个谜。

可是御医不想就此作罢。没准有个家伙可以解释此事的前因后果，他就是沙兹堡伟大的卡尔梅尼乌斯博士。虽然知道他的人不多，但认识他的人一致认定他是全欧洲最聪明的家伙。论及制作发条装置，没有一个人比得上他，哪怕是高明的赫尔·林格曼。他还可以制作错综复杂的计算设备，算出日月星辰在天上的位置，任何数学难题都难不住他。

如果愿意，卡尔梅尼乌斯博士可以闷声发大财，只是他对财富或名气无甚兴趣。这些东西太肤浅了。他宁愿几个小时呆坐在墓园里，沉思生死之谜。有人说他用尸体做实验。有人说

卡尔梅尼乌斯博士的发条装置很不可思议。他制作的小人偶可以唱歌、说话、下棋、拉弓射箭，甚至可以像莫扎特那样演奏拨弦古钢琴。如今在沙兹堡博物馆，你依旧可以欣赏到他的发条人偶，只是不工作了。说来也怪，因为所有零件都未被动过，保持原样，它们本该继续工作才对，可是并没有。好像它们……早就死了。

他与黑暗势力结盟。没人说得准。但有一件事他们深信不疑，那就是博士总在夜间走动，身后拖一个小雪橇，装着他正在研究的秘密。

这个夜间出没的哲人长什么模样呢？他很高很瘦，鼻子和下巴特别显眼。目光灼人，像在黑暗的洞穴里燃烧的煤。灰白色的长发。他穿一件黑斗篷，风帽松松垮垮，犹如僧侣。他说起话来尖利刺耳，脸上满是从未餍足的好奇心。

那个人就是——

弗里茨不由得停下来。

他咽了一口唾液，视线转向门口。所有人不由自主跟着他看过去。店堂里静如死水。没有人敢动，没有人敢呼吸，因为门闩自个儿飘了起来。

店门缓缓打开。

门口站着一个身披黑斗篷、风帽松垮如僧侣的家伙。灰白色的披肩长发，狭长的脸庞，鼻子和下巴特别显眼，目光灼人，像在黑暗的洞穴里燃烧的煤。

哦，他进屋那一刻的死寂！所有人张大嘴巴，瞪大眼睛。等他们接着瞅见陌生人身后拖着的东西——一个小雪橇，帆布里包着不知道什么玩意儿——不止一个人在胸口画十字，吓得跳了起来。

陌生人鞠了一个躬。

"在下沙兹堡的卡尔梅尼乌斯博士，有事儿尽管吩咐。"他的声音尖利刺耳，"我一晚上都在赶路，快要冻死了。来一杯白兰地！"

老板忙不迭倒酒。

陌生人一饮而尽，举着杯子还要。

还是没有人敢动。

"为何如此安静？"卡尔梅尼乌斯博士环顾四周，语带讥讽，"让人觉得好像碰到了一堆死人！"

镇长大力吞口水，再也坐不住了。

"对不起，卡尔梅尼乌斯——呃——博士，实际上——"

他看了看弗里茨，发现他正一脸惊恐地盯着卡尔梅尼乌斯博士。这个年轻人脸色煞白，犹如手上的稿纸。眼睛恨不得夺眶而出，寒毛直竖，额头上渗出豆大的冷汗。

"你说什么，我的好先生？"卡尔梅尼乌斯博士问。

"我……我……"弗里茨语无伦次，直吞口水。

镇长插话解围："实际上，我们的年轻朋友是一位作家，博士先生，您大驾光临的时候，他正在给我们读他写的故事。"

"啊！来得早不如来得巧！"卡尔梅尼乌斯博士说，"我很乐意听你把故事讲完，年轻人。别因为我的存在毁了你们的兴致——继续继续，就当我压根没来过。"

弗里茨发出一声惨叫。他把手稿胡乱拢在一起，扔进火炉，火苗蹿得老高。

"但愿您，"他哭喊着说，"不是那个人！"

活像见了鬼，他头也不回，逃离了小酒馆。

卡尔梅尼乌斯博士狂笑不已，充满了嘲讽，其他一些好市民眼看势头不对，也跟弗里茨一样，扔下他们的烟斗和啤酒杯，抓起大衣和帽子就逃，不敢多看陌生人一眼。

赫尔·林格曼和镇长差不多是最后离开的。老钟表匠本来觉得应该跟同行唠唠嗑，但他的舌头就是挤不出来一个字；镇长大人本来觉得应该跟声名显赫的卡尔梅尼乌斯博士套套近乎，或者告个别，但也没有这个胆子；两个老头抓起手杖，落荒而逃。

小葛丽特瞪大眼睛，紧紧靠着酒馆老板，也就是她的父亲。

"怎么回事！"卡尔梅尼乌斯博士说，"你们镇上这么早就休息了？我还想再来一杯白兰地呢。"

老板哆嗦着倒酒，催促葛丽特赶紧离开，因为这儿实在不适合孩子待了。

卡尔梅尼乌斯博士举杯一倾而空，又要一杯。

"没准这位先生可以陪我喝几杯。"他对着远角的酒客说。

卡尔坐着不动。其他酒客方才落荒而逃的时候，他就一动不动。他的脸上满是怨怒，如今喝了酒更是通红，又由于自我憎恨而紧绷；他本想与陌生人对视一番，但那双眼睛满是嘲讽，让他无颜以对，只得转而盯着地板。

"给我的酒友拿一个杯子，"卡尔梅尼乌斯博士告诉老板，"然后你就可以消失了。"

老板把酒瓶和酒杯搁在吧台上就跑了。五分钟前，店里还人满为患；如今只剩卡尔梅尼乌斯博士和卡尔二人，安静极了，卡尔可以听见火焰在炉子里燃烧，以及墙角老座钟的滴滴答答，哪怕他自己心里怦怦直跳。

卡尔梅尼乌斯博士倒了一些白兰地，沿着吧台把酒杯推过去。

卡尔一言不发。他顶着陌生人的目光将近一分钟，然后拳头在吧台上用力一捶，大声说道："天杀的，你到底想要什么？"

"你吗，先生？我对你一无所求。"

"你大老远跑过来就是为了嘲笑我！"

"嘲笑你？拉倒吧，我们沙兹堡的小丑都比你强。难道我吃饱了没事干，大老远跑过来嘲笑一个脸上只有痛苦的年轻人？来，喝酒！开心点儿！明天可是你的大日子！"

卡尔转头呻吟，可是卡尔梅尼乌斯博士还在数落他："没错，鼎鼎有名的格罗肯海姆大钟即将有新人偶亮相，多么重大的场合。在这之前，我跑了五家旅馆都找不到一张床位，处处爆满。好像全德国的人——不论男女老少——手艺人、钟表匠以及其他机械专家——都跑来看你的新人偶，你的杰作！这难道不值得开心吗？喝酒，朋友，喝酒！"

卡尔夺过杯子，一口吞下烈酒。

"没有什么新人偶……"他喃喃自语。

"你说什么？"

"我说不会有新人偶。我做不出来。一个也做不出来。时间都被荒废了，等我发现来不及了，还是做不出来。就是这么回事。你尽可以对我冷嘲热讽。来吧。"

"哎呀，哎呀，"卡尔梅尼乌斯博士一本正经地说，"冷嘲热讽？压根没想过。我可是帮你来的。"

"什么？你吗？怎么帮？"

卡尔梅尼乌斯博士笑而不语。仿佛覆满死灰的木头突然冒出火苗，卡尔反倒畏缩了。老头慢慢靠近他。

"你瞧，"他说，"我觉得你不明白我们这门手艺的哲学精髓。你当然懂得如何调校钟表、修理教堂破钟，但你是否想过，我们的人生其实也是发条？"

"我不明白。"卡尔说。

"我们可以控制未来，孩子，就像我们给钟表上发条一样。告诉自己：我一定会赢，我一定是第一名，就是你在给未

如今我们深入到了本质。卡尔梅尼乌斯博士的哲学观大抵如此。这也是他想让卡尔信服的。嗯，听起来不无道理。多少凡夫俗子不就是如此，心诚则灵嘛。老百姓买彩票的时候，心里不就是这么想的吗？无疑，这种事情光想想就让人愉悦。虽然并非没有纰漏……

来上发条。而这个世界除了服从别无选择！墙角那口老破钟的指针可以自己决定停下来吗？你手表里的发条可以自己决定上发条倒着走吗？不可以！它们别无选择。未来也是如此，一旦你上紧了发条。"

"怎么可能……"卡尔觉得脑袋越来越晕。

"真的，轻而易举！你想要什么？财富？漂亮的新娘子？给未来上发条，朋友！只要说出来，就是你的！名气，权力，财富——你想要哪个？"

"你很清楚我要什么！"卡尔大叫，"我要大钟的一个新人偶！我荒废了那么多光阴本该造出来的新人偶！可以让我明天一洗耻辱的新人偶！"

"这还不简单！"卡尔梅尼乌斯博士说，"只要你发话——愿望即可实现。"

他指着被他拖进酒馆的小雪橇。两侧的冰刀还泡在融化的雪水里，帆布遮挡湿漉漉的。

"那是什么？"卡尔问，突然很害怕。

……纰漏就是：你不能光靠许愿赢得比赛，你赢是因为你比别人跑得更快。为此，你必须努力训练、竭尽所能，就算如此，也不能保证你准赢，因为别的选手可能比你更有天赋。你想要什么，就可以得到什么，这话固然没错，但有一个条件，那就是你不能不要必然随之而来的一切，比如所有那些努力和绝望，以及屡战屡败之后的屡败屡战。卡尔的问题在于：他害怕失败，从而不敢尝试。

"自己打开！拿掉帆布！"

卡尔趔趄着站起来，缓缓解开系住帆布的绳子，然后拉开帆布。

雪橇上正是他从未见过但最梦寐以求的金属结构：一个全副披挂的骑士人偶，由泛着微光的银质金属制成，手持利剑。

卡尔对细节瞠目结舌，绕着它走来走去，从各个角度打量。每一块装甲都精巧地铆接在一起，上上下下活动起来灵活自如，至于那把剑——

他试了试锋刃，立刻把手缩回来，看着从手指滚落的血珠。

"简直跟剃刀一样。"他说。

"只有最好的才配得上铁魂骑士。"卡尔梅尼乌斯博士说。

"铁魂骑士……真是巧夺天工！哦，如果这个东西明天出现在钟楼里，我必将名满天下！"卡尔苦涩地说，"它怎么移动？它有什么本事？想必也是通过发条工作，我猜？还是里头住着小妖怪、精灵或者恶魔，诸如此类？"

随着顺畅的嗡嗡响以及精密器械的滴答声，人偶动了起来。骑士举起手中的利剑，戴着头盔的脑袋转向卡尔，下了小雪橇，朝他走过来。

"不要！它想干吗？"卡尔一声惊呼，往后退。

铁魂骑士继续进发。

卡尔躲到一旁，它也跟着转向；卡尔闪避不及，已被逼到墙角，利剑离他越来越近。

"它想干吗？那把剑可锋利了——快点儿阻止它，博士！快点儿！"

　　卡尔梅尼乌斯博士吹了三四个小节简单但动听的小曲子，铁魂骑士立刻止住不动。利剑恰好抵住卡尔的嗓子眼。

　　学徒吓得魂飞魄散，赶紧躲开人偶，瘫坐在椅子里。

　　"什么——谁——它是怎么启动的？真是不可思议！是你指使的吗？"

　　"非也，不是我启动的，"卡尔梅尼乌斯博士说，"恰恰是你。"

　　"我启动的？我怎么就让它动了？"

　　"是你说的话。它的结构相当精巧和平衡，哪怕一个单词、一个字眼儿，就会让它启动。而且它又是一个如此聪明的小家伙！一旦听到那个单词，除非利剑刺入说出那个单词的嗓子眼，它绝不会收手。"

"什么单词？"卡尔惴惴不安地问，"我说什么了？发条……小妖怪……移动……工作……精灵……恶魔……"

话音刚落，铁魂骑士又动了。一个坚决的转身，找到了卡尔，又朝他进发。

学徒瞬间从椅子上跳起来，在墙角缩成一团。

"就是这个！"他大声叫唤，"快阻止它，行行好，博士！"

卡尔梅尼乌斯博士又吹了一遍小曲，人偶又停住了。

"那是什么曲子？"卡尔问，"为什么他一听到就停下来？"

"小曲名为《拉普兰之花》，"卡尔梅尼乌斯博士说，"还好它喜欢，谢天谢地。它伫足聆听的时候，摆轮就向另一侧倾斜，于是它就不动了。真是奇迹！多么巧夺天工！"

"我害怕它。"

"哦，拉倒吧！害怕一个喜欢漂亮小曲的小银人？"

“太不可思议了。它压根不像机器。我不喜欢它。”

“哦，那就太遗憾啦。没有它，明天你怎么办？我倒是很想看个热闹。”

“别这样，别这样！”卡尔痛苦地说，“我不是这个意思……哎，我也不知道自己啥意思。”

“你要不要它？”

“要……不要！”卡尔急得左右手互搏，“我不知道……要！”

“那它就归你了，”卡尔梅尼乌斯博士说，“你给未来上紧了发条，孩子！未来开始滴滴答答跳动了！”

没等卡尔改变主意，钟表大师披上斗篷，戴上风帽，拖着小雪橇消失在门外。

卡尔跑向门口追他，可是鹅毛大雪纷飞，哪里还有他的踪影。

卡尔梅尼乌斯博士就这么消失了。

卡尔转身回了店堂，有气无力地坐着。

小人偶举着利剑，一动不动地站着，面无表情的金属脸对着年轻的学徒。

"他肯定不是人类，"卡尔喃喃自语，"凡人做不出来。他是一个邪恶的幽灵！他是恶——"

话没说完，他急得用双手捂住嘴巴，毛骨悚然地盯着铁魂骑士，还好它一动不动。

"差点儿说出口！"卡尔低语，"我可不能忘了——还有那首小曲！怎么哼的来着？只要牢牢记得，我就没事儿……"

他想吹小曲，但是嘴里干巴巴；他想哼出来，但是嗓门在发抖。他伸出双手，发现它们像风中枯叶，也在簌簌发抖。

"要是我再喝上一杯……"他心想。

他哗啦啦倒白兰地，大多数溅到吧台上，好不容易才倒进杯里一些，赶紧一口喝掉。

"好多了……嗯，说起来，我还是可以把它搁在大钟里。只要把它拴在台架上，就不怕它伤人。也不怕它跑出来，甭管别人说什么……"

他惴惴不安地打量四周，店堂静得像坟墓。他又拉起窗帘向外张望，小镇广场上黑灯瞎火。似乎全世界所有人都上床睡觉了，只有钟表匠的学徒和这个手持利剑的银质小人偶还醒着。

"没错，就这么干！"他说。

于是他用帆布遮住铁魂骑士，急匆匆套上自己的大衣和帽子，迫不及待地打开教堂钟楼，为明天的盛事忙碌起来。

说来也巧，其实还有一个人醒着，那就是葛丽特，老板的小女儿。

弗里茨的故事让她一晚上睡不着。有一件事她一直念念不忘——不是死去的亲王胸口的发条，也不是大汗淋漓的惊马或者它们身后死去的马车夫，而是小王子弗洛里安。

她这么想：可怜的小家伙，回个家还要担惊受怕！她试着想象他面对的恐惧，陪着死去的父亲，孤零零地缩在

雪橇上。想到这里她
就在毯子下发抖，巴
不得可以跑去抚慰他。

因为睡不着，她
就想下楼在店堂的火
炉边坐一会儿，因为
铺盖实在很冷。

于是她裹着一条
毯子，蹑手蹑脚下了

看得出来，葛丽特心地善
良，心术很正。她有一颗温暖、
温柔的心，所谓"菩萨心肠"。
这些说法你们都听说过吧？有
些人，像葛丽特，见到别人受
苦就像自己受苦一般。这是一
个残酷的世界，全靠好心肠的
人任劳任怨。而他们为此遭受
的痛苦，反被百般嘲弄和奚落。

楼梯，此时，教堂的大钟恰在午夜鸣响。

店堂自然空无一人，残灯之下不甚明朗，她没瞅见墙角
处帆布遮盖的小人偶正坐在炉边伸手取暖。

"多么古怪的故事！"她自言自语，"不应该这样讲故
事。若是鬼魂骷髅，我倒不介意，但我觉得弗里茨这回太
过分了。那个老头子进来的时候，大家都被吓得一愣一愣
的！他仿佛弗里茨凭空召唤出来一般，好比浮士德博士唤出

恶魔……"

帆布悄无声息滑落在地，金属小人偶转头，举起利剑，向她进发。

哦，不要！
葛丽特，千万小心！
住嘴！别说那个词儿！
……哎！来不及了……

第二部分

奥托亲王与蝴蝶王妃结婚之日，整个城市沸腾了：公园燃放烟花，乐队在舞厅彻夜演奏，屋顶彩旗飞扬。

"至少我们将有一个继承人了！"人们如是说，因为他们害怕王朝走向末路。

可是时间飞逝，奥托亲王和蝴蝶王妃迟迟没有子嗣。他们遍访名医，还是不成。他们甚至到罗马朝圣，寻求教皇的祝福，还是不成。直到有一天蝴蝶王妃站在窗前，听到教堂大钟鸣响，随口说了一句："多希望我有一个孩子，如钟声响亮，

蝴蝶王妃倾国倾城。可是哪个王妃不是如此？美貌就是她们的天职。蝴蝶王妃一生几乎都在买买买。服装设计师甘愿五折甩货，也要让她打扮得花枝招展，出入时尚派对，以此让自己出名。说来也怪，越有钱的人越容易买到便宜东西。穷光蛋反而拿不到折扣。

如大钟真实。"

话音刚落，她觉得自己的心咯噔跳了一下。

那年尚未过去，王妃果然有了一个孩子。

呜呼哀哉的是，分娩异常艰难而痛苦，新生儿降生后只吸了一口气，就再也吸不动了，夭折在奶妈怀里。

蝴蝶王妃对此一无所知，因为她昏厥过去，没人知道她能否醒过来。

至于奥托亲王，暴跳如雷，险些失去理智。他从奶妈手里夺过早夭儿，大声叫唤："我就是要一个继承人，不管付出什么代价！"

他跑到马厩，勒令马夫给最快的马上好鞍，胸前扣着早夭儿，风驰电掣而去。

去哪儿呢？

一路向北，遥远的北境，直至卡尔梅尼乌斯博士的作坊，离沙兹堡的银矿不远的地方，也正是伟大的钟表匠创造奇迹之处——从可以计算此后两万五千年任何星辰位置的天

体钟到可以翩翩起舞、骑着小马、拉弓射箭、弹琴奏乐的小人偶。

"亲王为何大驾光临？"卡尔梅尼乌斯博士说。

奥托亲王手捧早夭儿站着，骑乘斗篷肩膀处的白雪尚未融化。

"给我一个孩子！"他说，"我的儿子死了，他的妈妈生死不明！卡尔梅尼乌斯博士，我命令你，给我一个不会死的发条孩子！"

几近疯癫的奥托亲王内心也不相信，一个发条玩具可以代替一个活生生的孩子，可是沙兹堡出产的纯银与众不同——柔软、明亮、可塑，像蝴蝶翅膀一样，蒙着一层粉霜。

对伟大的钟表匠来说，这是一个他无法抗拒同时又可以大显身手的王命。于是，当奥托亲王埋葬逝者时，卡尔梅尼乌斯博士着手创造新生。他从银矿精炼出纯银，打成薄如蝉翼的银片；又把纯金纺成比蜘蛛丝还细的金丝，一根根固定在脑袋瓜上；他浇铸、抛光、回火、焊接、铆接、拴紧，他测时、调节、校准，直到小小的主发条不松不紧刚刚好，红宝石机芯上的小擒纵轮滴滴答答，非常精准地前后摆动。

大功告成，卡尔梅尼乌斯博士把发条娃娃交给奥托亲王仔细检查。发条娃娃能跑能笑能呼吸，由于某些秘而不宣的手艺，甚至有体温，而且与早夭的小王子几乎一模一样。

奥托亲王用斗篷裹住发条娃娃，策马回到王宫，把孩子交到蝴蝶王妃手上；王妃一睁眼，瞅见（她以为的）亲生孩子活蹦乱跳、身体健康，大喜之下，捡回了一条命。而且，怀里抱着孩子的她夙愿得偿，更加美艳动人。

他们唤他弗洛里安。

一年过去了，两年，三年，发条娃娃长成人见人爱的大孩子，快乐、健康、聪明。奥托亲王带他骑小马，教他拉弓射箭；他能歌善舞，任何旋律在拨弦古钢琴上都能弹出来；他日益强壮高大，而且一直都很开心活泼。

转眼到了五岁，小王子开始显露令人不安的病兆。他的关节僵硬疼痛，身体时常发冷，以往充满活力、栩栩如生的脸如今好像戴了面具，生硬死板。蝴蝶王妃越发担心越发不安，怕身边的小帅哥说没有就没有了。

"你就没有本事把他治好？"她斥责御医。

御医听听胸腔，瞅瞅舌头，摸摸脉搏。如此怪病，他从未见过。幸亏他不知道小王子是发条娃娃，否则一定会说小王子像生锈的钟一样卡住了，可是如此不雅的类比怎好告诉蝴蝶王妃呢。

"没什么可担心的，"御医说，"这就是俗称的氧化炎。每天三次，一次喂他两勺鳕鱼肝油，再用薰衣草香油揉搓胸部，管好。"

唯有奥托亲王对此表示怀疑，于是又跑了一趟沙兹堡银矿，敲开

典型的庸医做派。他先是胡诌一个听起来好像是医学类的术语（氧化的意思就是生锈了），然后开几味至少对人体无害的药。医学院就是这么教导学生的——至少过去如此。不过，皇家御医的临床服务还算可以，虽然不是什么病都能治，至少望闻问切了一番，安慰、奉承起来更是一流。

卡尔梅尼乌斯博士的作坊门。

"亲王为何大驾光临？"钟表大师问。

"弗洛里安王子生病了，"奥托亲王说，"有没有什么办法？"

他描述了病症，卡尔梅尼乌斯博士耸耸肩。

"越走越慢，这是发条装置的本质使然，"他回答，"他的主发条能量一定会逐渐耗尽，他的擒纵轮一定会被灰尘堵住。后续如何发展，我现在就可以告诉你：他的皮肤会变硬开裂，从头到脚裂开，露出体内垂死、卡住的金属发条，从此停止运转。"

"为什么你当初不说？"

"你当年跟催命似的，而且你也没问我。"

"不能重新上发条吗？"

"不可能。"

"那我们能干点什么？"奥托亲王又是愤怒又是绝望，"难道眼睁睁看着他死去？我必须有一个继承人！这关系到王室的生死存亡！"

"法子倒有一个，"卡尔梅尼乌斯博士说，"因为没有心脏，他才会出毛病。给他找一颗心脏，他就能活命。但是我不知道你可以上哪儿找到一颗好心脏，而且它的主人又愿意割舍。另外——"

奥托亲王不等卡尔梅尼乌斯博士把话说完，转身就走。王公贵族都这样，急不可耐；他们喜欢简单明快，讨厌需要时间和用心方可达成的棘手方案。伟大的钟表匠本来还想说："给出去的心也要留下来。"可是就算奥托亲王听见了，恐怕也是一头雾水。

奥托亲王骑马赶回王宫，一路上思前想后。真是进退两难！为了救自己的儿子，不得不牺牲别人！他能干点儿什么？又可以指望谁做出偌大的牺牲？

此时他想到了斯泰尔格拉茨男爵。

就是他！没有更合适的人选。斯泰尔格拉茨男爵是一个老迈、可靠的谋臣，一个忠诚、无畏、真诚的朋友。小王子

夏洛书屋·发条钟

弗洛里安也喜欢他，他们经常用小王子的玩具士兵，一起玩模拟战争的游戏，几个小时乐此不疲；老好人斯泰尔格拉茨还会教小王子如何使剑、开枪，识别森林里的野兽。

奥托亲王越想越觉得男爵合适。为了王室，想必男爵大人也会奋不顾身，乐意献出自己的心脏。不过，最好先别告诉他，最好等他们到了卡尔梅尼乌斯博士的作坊再说，然后他自会明白非此不可。

奥托亲王返回宫廷，发现小王子的病况更加恶化。走几步路就摔倒，摔得直挺挺；他的声音，一度充满活力和笑声，如今越发像是一个八音盒；他越来越不爱说话，只把几首歌反复唱来唱去。显然时日无多了。

于是奥托亲王径直找到王妃，说服她同意小王子外出狩猎几天，在森林里活动活动筋骨，没准对他的身体有益。他还说斯泰尔格拉茨男爵也会去，有了男爵的陪伴，弗洛里安准保不会出事。

于是奥托亲王把小王子裹得严严实实，让他与斯泰尔格拉茨男爵一起坐上雪橇，准备停当就出发了。

然而，穿越森林的时候，夜幕降临，雪橇受到了狼群的攻击。

饿疯了的大灰狼从林子里蹿出来，直奔雪橇马而来。奥托亲王疯狂挥舞马鞭，小雪橇上蹿下跳，狼群紧追不舍。弗洛里安王子坐在男爵身边，紧紧抓着雪橇，看着狼群逐渐逼近，吓得魂飞魄散。斯泰尔格拉茨男爵打光了步枪的子弹，依旧没有吓跑疾如闪电、垂涎欲滴的狼群；小雪橇在凹凸不平的雪道上撞来撞去、甩来甩去，随时都有可能倾覆，然后所有人死于非命。

"殿下！"男爵大声说，"如今只有一个法子，我甘愿以身喂狼！"

于是这个老好人从雪橇上跳了出去，为了拯救朋友，牺牲了自己。

野狼立刻转向他，把他撕成碎片。雪橇终于甩掉龇牙咧嘴、厉声长嚎的狼群，驶入静悄悄的森林。

这时候，奥托亲王怎么办？

继续前行，只有这个法子；继续前行！希望找到某个猎人或伐木工，甘愿献出心脏，回头再来补偿他们的家人。可是森林里荒无人烟。奥托亲王身后，裹着裘皮的小王子缩成一团，随着雪橇晃来晃去，身体越发僵硬冰凉，眼看就要变成一台机器。晃来晃去的雪橇偶尔让他哼出一两首小曲，除此之外，他不再开口。

终于到了沙兹堡的银矿和钟表大师的作坊。

只有一个法子。奥托亲王意识到他必须牺牲自己，也做好了准备。王朝更要紧：比幸福、爱情、真理、和平和幽默要紧，更比他个人的性命要紧。为了王室辉煌的未来，奥托亲王愿意献出他的心脏，冷酷、狂热、骄傲之心。

被狼群追咬的时候，只有一个办法脱身，那就是扔给它们美味，趁它们享用的时候全身而退。斯泰尔格拉茨男爵明白这个道理，他也明白自己已经打光了所有子弹。

"确定如此？"卡尔梅尼乌斯博士问。

"别跟我争辩！取走吾之心脏，放入吾儿之胸膛！我的个人生死无关紧要，只要王朝永存不朽！"

心脏不成问题了，怎么回去是个问题：一个小孩子如何自己赶着雪橇回去？于是，只要额外支付一笔费用，卡尔梅尼乌斯博士愿意激活奥托亲王的尸体，只为达到一个小目的——活到他把雪橇拉回王宫的时候。

手术马上进行。借助精妙器械，奥托亲王的心脏与胸腔分离，移植到王子虚弱、垂死的体内。顷刻之间，小王子弗洛里安犹如金属般苍白的脸色变得红润，眼睛焕发光彩，四肢也充满了活力。他又活了。

与此同时，卡尔梅尼乌斯博士准备了一个简单的发条装置，放入奥托亲王的胸腔。虽然粗糙，上紧了发条之后却可以让他的尸体驾着雪橇回到宫廷。但也仅此而已，虽然这一过程可以持续很长很长时间。哪怕奥托亲王的尸体被带到世界另一头，他也会立刻启程回家；其间，哪怕尸身腐烂、骨肉分离，哪怕历经多年，他也不会停止，直到浑身白骨的他驾着雪橇回到王宫，发条还在肋部滴答作响。

于是卡尔梅尼乌斯博士把沉睡的小王子弗洛里安包裹得严严实实，搁在雪橇上，又把鞭子交到死去的亲王手里，后者的右手立刻不停挥舞起来；雪橇马吓得冷汗直流，开始了疯狂的回家之旅。

真是一次不可思议的返乡。你们可能听说了雪橇如何冲入王宫大门、御医如何识破发条心脏的传言。仆人小声嘀咕死人的胳膊闲不下来，谣言和猜测犹如织布机的飞梭，飞遍了宫廷和城市，编织成一段关于尸体和鬼魂、咒语和恶魔、生死和发条的皇家野史。可是没人知道真相。

时间飞逝。他们四处搜寻男爵大人；他们沉痛哀悼奥托亲王；蝴蝶王妃穿着寡妇的黑衣，天天以泪洗面，连哭的样子都很迷人；小王子弗洛里安则在茁壮成长。

又是五年过去，大家交口称赞小王子的英俊、快乐和善良，以及他们的幸运，因为王室有了这么一个继承人！

可是到了小王子十岁那年的冬天，可怕的症状卷土重来。

弗洛里安抱怨关节疼痛、四肢僵硬、时常发冷，声音也失去了人类的生动，听起来就像音乐盒机械的叮咚响。

犹如历史重演，御医又被难住了。

"他的病一定遗传自父亲，"御医说，"毫无疑问。"

"可是到底是什么病？"蝴蝶王妃问。

"先天性的心脏虚弱，"御医说，仿佛他真的知道一样，"还有氧化炎。不过要是你还记得，殿下，通过健康的森林户外运动，这一顽疾上回已被我们攻克。弗洛里安王子只要在狩猎行宫待上一周即可。"

"可是上回他跟他父亲和斯泰尔格拉茨男爵出门，你也知道后来发生了什么！"

"噢，医学在过去五年里突飞猛进，"御医说，"别担心，殿下。我们应该为小王子安排一次狩猎之旅，准保他活蹦乱跳地回来，跟上次一样。"

可是宫廷大臣对医学突飞猛进的信心远不及御医，上回

发生的奇异事件让他们记忆犹新，谁也不愿意冒险穿过森林，哪怕是为了挽救弗洛里安王子。一个说痛风，一个说在威尼斯有紧急会晤，一个说必须去柏林看望外婆，林林总总的理由。御医也去不了，他的职责就是待在宫廷，二十四小时随叫随到，不然有个急诊的怎么办。蝴蝶王妃更别指望了，因为冬天的冷空气对她的皮肤非常不好。

最终，因为无人可去，他们唤来一个马夫，答应给他十个银币，只要他把小王子弗洛里安送到狩猎行宫。

"可以预付吗？"马夫问，因为他听说过上回发生的异事，担心天有不测风云，白忙活一场拿不到钱。

于是他们就预付了十个银币，马夫把弗洛里安王子塞进雪橇，给马套上挽具。蝴蝶王妃站在窗口挥手告别，目送他们远去。

刚进森林不久，马夫就在心里盘算：估摸这孩子活不过一天，他的状况实在很糟糕。要是我一个人跑回去告诉他们王子英年早逝，一定会有杀身之祸。相反，既然十个银币和雪橇在手，我不如越过边境，在那儿开基立业。买一个小酒馆，甚至讨一个老婆，再生几个娃。没错，就这么办。反正谁也救不了这个小家伙，我这么干反倒是给他一个痛快，可谓仁至义尽。

于是他在一个岔路口停下雪橇，扔下弗洛里安王子。

"去吧，"马夫说，"去吧，靠你自个儿了，我不能再看顾你了。打起精神，迈开大步，好好遛遛。走吧。"

说完他扬长而去。

弗洛里安王子乖乖开始漫步。他的双腿僵直，路上又堆满了厚厚的积雪，但他走个不停，直到拐过一个弯，借着月色，瞅见底下有一个安安静静的小镇。午夜之际，教堂大钟响个不停。

小酒馆的窗户亮着灯，一只老黑猫躲在暗处窥伺。弗洛里安王子挣扎向前，推开店门。因为说话不利索，他哼着他还记得的最后一首歌，以表示礼貌。

第三部分

嗡嗡嗡、滴滴答，铁魂骑士立马不动。利剑离葛丽特的嗓子只差毫厘。小王子的歌声在店堂里甜蜜地回响。

葛丽特目瞪口呆：既被铁魂骑士和它的利剑吓坏，又被小王子的离奇出场惊到。

"你从哪儿冒出来的？"她说，"你就是故事里的小王子？我猜一定是。呀，你浑身冰冷！这又是什么？好快的剑！我很不喜欢它。哦，怎么办？我觉得好歹干点儿什么，可是干什么呢！"

没人应声。只有她陪着两个发条人偶，一个满怀恶意，一个惹人怜爱。

葛丽特摸摸小王子的脸颊，冷冰冰，可是她的触摸立刻唤醒了发条装置。小王子回眸望她，绽放出笑容。

"哦，可怜的小东西！"她叫了起来。

他轻启双唇，唱出一两个音符。

"我知道我知道，"葛丽特说，"你不舒服。我一点儿也不喜欢那个小骑士，更不想把你一个人留下来，但我知道问题出在哪儿。都怪那个编故事的弗里茨。要是我们知道故事如何结束……"

她瞅着火炉，弗里茨把故事手稿扔进去烧了。她原本以为都烧光了，没想到还有一张完好无损，在暗处缩成一团。

她赶紧捡起来摊平。正是神秘博士闯入时弗里茨朗读的那张。上面写着：

> 他很高很瘦，鼻子和下巴特别显眼。目光灼人，像在黑暗的洞穴里燃烧的煤。灰白色的长发。他穿一件黑斗篷，风帽松松垮垮，犹如僧侣。他说起话来尖利刺耳，脸上满是从未餍足的好奇心。那个人就是——

没了。故事在此戛然而止。

"他就是这时候闯进来的！"葛丽特自言自语。底下还潦草地写着几行字，仔细一看，依稀可辨：

> 哦，不可能！怎么给这个故事写一个结尾？我必须在到达小酒馆前想好，但愿如此。只要能编出一个好结尾，哪怕恶魔也可以拿走我的灵魂！

葛丽特吓得瞪大眼睛，紧咬双唇。不该这么发愿！

"没辙，"她说，"解铃还须系铃人。你先坐着，取取暖，弗洛里安王子，如果你真是王子的话，我去找一下那个弗里茨。只有他可以解此残局。"

于是她披上斗篷，前往作家弗里茨借宿之处。

此时，卡尔收拾好了教堂大钟给他的杰作预留的空间，兴冲冲跑下钟楼的楼梯，穿过广场回到小酒馆。老黑猫普奇还趴在窗沿上，一边舔爪子掏耳朵，一边看热闹。外头冷极了，它正想着是不是进屋，在火炉边打个盹儿。

卡尔没瞅见老猫。他的心思压根不在这儿。他悄悄进入小酒馆，锁上门，然后就愣住了，因为帆布被掀到一边，铁魂骑士手持利剑，跑到了房间另一头。

卡尔心里咯噔一下。

难道有人跑进来，惊动了骑士？

可是屋里一个人也没有，那么骑士又是如何移动的？

卡尔四处张望，马上瞅见小王子彬彬有礼地坐在椅子上，正盯着他呢。

卡尔吓得浑身直起鸡皮疙瘩。

卡尔正想打招呼，突然意识到小王子不是活人。它跟铁魂骑士一样，也是发条人偶！只不过看起来更精美而已。他

凑近仔细端详。头发是他见过的最精美的金丝；银质脸颊上蒙着一层粉霜，像蝴蝶翅膀一样；眼睛是璀璨的蓝宝石，活灵活现地盯着他！

只有卡尔梅尼乌斯博士造得出这样的东西！必定是他带过来送我的！可是这个人偶能干什么呢？

卡尔扶起小王子搁在腿上的手。能量即将枯竭之际，弗洛里安王子握握卡尔的手，为他唱了一个小节的歌曲。卡尔寒毛一竖，心生歹念。为何不把这个发条人偶取代铁魂骑士放入大钟？制作更加精良不说，一个能唱动听歌曲的帅小孩铁定比一个面无表情只会拔剑威胁人的骑士更受欢迎。

至于铁魂骑士，他可以留为己用。

如此一来……哦，他开始浮想联翩。我就可以环游世界，单靠展览和演示就可以誉满天下。

一想到金属骑士可以派上哪些用场，他就忍不住有些眩晕。拥有铁魂骑士这样的幕后同伙和可靠杀手，不用担心露馅，我可以掳掠和占有多少黄金和宝藏！我只要动动嘴皮子，让我预图加害的倒霉蛋说出"恶魔"两个字，余下的铁魂骑士自会料理。我，卡尔，完全可以在别处优哉游哉，与一打证人打牌，甚至出没在信众环绕的教堂。没有人会识破！

他如此亢奋，早已忘了何谓正义。教堂、父母、兄弟姐妹、师傅赫尔·林格曼，所有教导他何谓善良的好影响都被他抛到黑暗里，他的眼里只有利用铁魂骑士可以为他获致的财富和权力。

趁自己还没有改变主意，他用帆布罩住骑士，把逐渐僵硬的弗洛里安王子夹到胳膊底下，重回钟楼。

此时，葛丽特正冒着大雪，赶往弗里茨借宿之处。她站在街尾远望，所有人家都熄灯了，除了阁楼那盏小灯，那是弗里茨通宵达旦写作的地方。她敲了得有六七次，女房东才很不情愿地过来开门。

"谁呀？深更半夜的想干什么？哦，原来是你，小丫头。你到底想干吗？"

"我必须见见赫尔·弗里茨！十万火急！"

女房东又是咕哝又是皱眉，让到一旁说："小酒馆的好事我都听说了。就会瞎编缺德故事！吓唬人！越早滚蛋我越高兴。实际上我早就打算让他走人了。上去吧，孩子，一直爬到楼梯顶。哦，蜡烛不能给你，我只有这一根，得留着自己用。睁大眼睛，小心点儿。"

于是葛丽特爬了四段楼梯，每一段都比之前的更黑暗逼仄；终于，她爬到了一个勉强可以落脚的地方，门缝下透出一道光。

她敲了敲门，一个神经兮兮的声音应道："谁啊？干吗？"

"我是葛丽特，赫尔·弗里茨先生！小酒馆的葛丽特！我有话跟你说！"

"那就进来吧——如果只有你一个人的话……"

葛丽特推开门。冒烟的油灯下，弗里茨正在收拾行囊，把一张又一张手稿塞进因为装满了衣服、书籍和杂物而鼓鼓胀胀的皮革袋里。边上的桌子上放着一杯李子白兰地。看他

的样子，眼神狂乱、脸颊通红、头发凌乱，显然已喝了不少。

"什么事？"他说，"有何贵干？"

"你讲的那个故事……"葛丽特一开口就说不下去了，因为小伙子立刻用双手捂住耳朵，激烈地摇头晃脑。

"别说了！真希望我没讲过！真希望这辈子我从未讲过故事！"

"先听我讲完！"她厉声说，"有些可怕的事情即将发生，但我理不出头绪，因为你那个故事没写完！"

"你怎么知道我没写完？"他问。

她出示了捡到的那张手稿。弗里茨又开始哼哼，以手掩面。

"别哼哼，"她说，"好歹先把故事写完。之后发生了什么？"

"我也不知道啊！"他大声叫唤，"故事开头是我做梦梦到的，如此玄妙、惊悚，我实在忍不住不写下来，假装是我的原创……但后面的我想不出来！"

"那你打算怎么办？"她说。

"当然是胡编乱造！"他说，"我以前干过。而且经常如此。知道不，我喜欢这种风险。信口胡诌，压根不担心结局是什么，反正到时候自会编出一个。有时候临场发挥甚至比事先创作更好。对晚上那个故事，我也是抱定了信心。可是门一开，老头一进来，我就慌了……哦，真希望我没讲过！我发誓，我再也不讲故事了！"

"可是这个故事你非讲完不可，"葛丽特说，"否则就会有人遭殃。"

"没办法！"

"你必须。"

"没这本事！"

"非此不可。"

"不可能，"他

这就是弗里茨的真面目：一无是处，如你所见，而且相当不负责任。不过话说回来，弗里茨可能只是把写作当作游戏。如果他是一个严肃的手艺人，类似钟表匠，势必明白凡事皆有因果的道理。滴滴答答，有"滴"必有"答"。每一个"很久很久以前"之后，必然要有一个故事，否则就会有意外，而这些意外不像故事，可能会造成伤害。

夏洛书屋·发条钟

说，"我驾驭不了它。我只是上了发条，让它动起来，但如何收尾只有靠它自己。我金盆洗手，不干了！"

"可是你不能半途而废！你打算去哪儿？"

"随便！柏林，维也纳，布拉格——越远越好！"

他又给自己倒了一杯李子白兰地，一饮而尽。

葛丽特无可奈何，转身离开。

葛丽特从黑乎乎的楼梯摸下来的当口，卡尔又回了小酒馆。小弗洛里安已被他带至钟楼，拴在台架上，尽管小王子曾经百般挣扎、又歌又唱，求他大发慈悲。黎明到来之际，卡尔的杰作就会如期亮相。而他，卡尔，则会收获祝贺连连和师傅赫尔·林格曼给的资质证书，跻身钟表匠人师之列；然后带着铁魂骑士远走高飞，在花花世界闯出一番名头，权力和财富指日可待！

可是当他推开酒馆门，打算卷走小骑士藏起来的时候，他感受到一股前所未有的寒意。他愣在门槛那儿，不敢进屋。再一次，他对老黑猫普奇毫不理睬，后者看到有人开门，就跳下窗台。虽然对猫不必过分迷信，但它们也是生灵，所以我们不应该不理睬它们。卡尔本该礼貌一点，献出指关节，让老黑猫蹭蹭脑袋，可是他的发条上得太紧，做人不够放松，忘了何谓礼貌。所以，他压根没发现老黑猫偷偷从他身边溜了进去。

> 麻烦即将接踵而至，记住我的话。礼多人不怪，哪怕对无法言语的生物也是如此。

卡尔还是鼓起勇气，迈进小酒馆。屋子里静得吓死人！帆布下的小人偶充满恶意！还有那邪恶的剑尖，多么锋利！足够刺穿帆布，在灯光下闪烁寒意……

炉子里烧着煤，微弱的红光反射到地板上，吓了卡尔一跳。这红光让他想起地狱之火，他不由得眉头冒汗，伸手去擦。

角落里顾长的座钟开始嗡嗡响，准备敲钟报时。卡尔犹如在凶杀现场被人抓住现行，他一跃而起，然后有气无力地靠着桌子，心跳如惊雷。

"啊，实在受不了了！"他说，"我也没干过什么坏事，不是吗？为什么我这么紧张？我到底害怕什么？"

老黑猫普奇听他喃喃自语，以为这家伙可以给它一点儿牛奶喝，如果它好好求人家；于是跳上桌子，拿身子蹭卡尔的胳膊。

卡尔感觉到异动，回头一瞧，似乎无中生有，不知道从哪儿冒出来一只黑猫。卡尔本就脆弱的小心脏终于崩溃了。他大声咒骂，跳着避开桌子。

"啊！哪儿来的恶魔——"

话音未落，他就捂住嘴巴，似乎想把说出来的话塞回去。

可是来不及了。墙角处的金属人偶动了起来。帆布哗啦一声落到地上，铁魂骑士高举利剑，头盔扭来扭去，直至瞅见缩成一团的卡尔。

> 看见没，麻烦如期而至。

"别！别！别动——等一等——那个小曲——怎么哼来着——"

可是他的双唇不听使唤。狂乱之下，干巴巴的舌头舔来舔去。

没用！一点儿声音也出不来。

骑士手持利剑越发逼近，卡尔踉踉跄跄，使出浑身解数，就是哼不出来、唱不出来、吹不出来，只会哀嚎、结巴、啜泣，而骑士越来越近，越来越近。

这个结局无法避免。

当葛丽特返回小酒馆的时候，听到普奇在屋里喵喵叫，一开门就数落它："傻老猫，你怎么进来的？"

葛丽特一进屋，普奇就噌的一声向广场逃窜，连被人摸一下都不肯。她关上门，四处瞅小王子，但就是找不着。反倒瞅见可怕的一幕，吓得她浑身发抖，揪紧胸口。店堂中间站着铁魂骑士，明晃晃的头盔直晃眼，利剑向下斜刺。之所以如此持剑，是因为剑尖刺入了学徒卡尔的咽喉，他就躺在旁边，已然没了气息。

葛丽特险些晕倒，但她是一个勇敢的女孩，她发现卡尔手里拿着什么东西——正是钟楼沉甸甸的铁钥匙。即使慌作一团，事情的来龙去脉她还是猜出了几分，虽然不一定是全部；卡尔对小王子干了些什么，她也估摸到了。她从卡尔手里拿走钥匙，跑出小酒馆，穿过广场，到了黑乎乎的钟楼。

她打开门锁，开始爬楼梯，这是今天晚上第二回了；与

如果可以，我当然乐意治病救人，可是故事已经上紧发条，必须等它自己停下来。不得不说，卡尔可谓咎由自取。他天性懒惰、暴躁，更坏的是，他有一颗邪恶之心。如同他动过的念头，利用铁魂骑士杀人越货的勾当他当真干得出来。所以请闭上眼睛，想点儿别的；滴——答，卡尔已成绝响。

弗里茨的住处相比,这里的楼梯更高更陡更黑。时不时有受惊的蝙蝠飞出来,大风在大钟的钟口处呼啸,吊着大钟的绳索晃个不停。

她一直往上爬,直到最底层的钟室,那是最老旧最简单的机械装置所在之处。她在黑暗中摸索,绕过巨大的铁齿轮、粗绳、圣沃尔夫冈和恶魔的金属人偶,但就是找不到小王子。于是继续往上爬。她摸到大天使米迦勒的人偶,一身盔甲让她想到铁魂骑士,忙不迭把手抽开。还有一个身穿彩袍的人偶,她侧着往上摸到他的脸,原来是死神的骷髅头,吓得她赶紧撒手。

爬得越高,大钟的噪音就越响:滴答滴答,咔嚓咔嚓,嘎吱嘎吱,嗡嗡嗡,隆隆隆。

她爬过支柱、杠杆、铁链和齿轮,爬得越深,越觉得自己成了大钟的一部分;她在黑暗中摸来摸去,时时刻刻瞪大眼睛,留神倾听。

终于,她从一个活动天窗爬上去,到了钟室的最顶层,银

白色的月光照着极其复杂、她压根弄不懂的机械部件。

与此同时，她听到有人哼着小曲。正是小王子在唤她。

月光亮得直晃眼，葛丽特使劲揉眼睛眨眼睛。

时间一点点逝去，犹如沙漏里的沙子越流越快，而沙漏也是时钟的一种。

葛丽特来得及找到小王子吗？

来得及。

瞧，她就在发条钟里，在时间正中央。

她会赶上的。

正是奄奄一息的弗洛里安王子，歌声如夜莺般动听。

"哦！可怜的小东西！把你拴得那么紧，我根本打不开螺栓——哦，真是坏透了！他想把你扔这儿不管，然后自个儿跑路，我敢肯定。你到底怎么啦，弗洛里安王子？唉，如果可以开口，你早就告诉我了。我想你病得很重，问题就在这儿，你需要暖暖身子。瞧你浑身冷冰冰的，这也难怪，看看他们怎么对待你的。别担心！如果不能把你弄下去，我就在这儿陪着你。瞧，我可以用斗篷把我们俩裹住。你若问我，我们还是别折腾，在上面待着好一点儿。这一晚上发生了多少事儿！说出来恐怕你也不会相信！这会儿我就不告诉你了，否则你准睡不着觉。明天一早再跟你说，我保证。舒服一点儿了吗，弗洛里安王子？如果不想，你就别说话了，点点头就行。"

弗洛里安王子果然点点头，葛丽特裹好斗篷，抱着小王子睡着了。临睡前她还想着：他的身子越来越暖了，没错，我能感觉到！

好不容易挨到天亮。整个小镇，不论访客还是镇民，都早早穿好衣服，胡乱吃过早饭，巴不得早点儿看到新人偶。

覆满白雪的屋顶在明亮的蓝天下闪着微光，大街小巷飘浮着烘焙咖啡和新出炉面包卷的香气。

眼看就要十点了，一个甚嚣尘上的传闻让人大跌眼镜：钟表匠的学徒死了！而且是被人谋杀的！

警察唤来赫尔·林格曼确认尸体。

老钟表匠看着爱徒直挺挺躺在地上，惊愕不安自不待言。

"可怜的孩子！死在扬名立万的大日子！到底发生了什么？如此不幸！谁造的孽？"

"你识得这个人偶吗，赫尔·林格曼？"警官问，"这个发条骑士？"

"不认识，从未见过。剑上沾的是卡尔的血吗？"

"恐怕是。这个骑士人偶会不会是卡尔做的？"

"不可能，绝对不可能！他的人偶在大钟里头呢。传统一向如此，你也知道，警官，在出师之日的前一天晚上，他必须在钟楼里把新人偶调试完毕，我当学徒的时候也是如此。卡尔是个好孩子，可能有点儿孤僻，不爱说话，但还算是好学徒；我敢保证他尽到了自己的分内之事，再过几分钟，我们就会瞅见他的新人偶。本来挺高兴一件事，现在却变成了惨剧！就让新人偶成为世人对他的纪念吧，可怜的孩子。"

那天早上什么都不对劲儿。酒馆老板急得要死，因为葛丽特不见了。她不会有什么三长两短吧？整个镇子乱成一锅粥。好多人聚集在酒馆外头，瞅着警察用担架抬走卡尔的尸体，上面盖着一块帆布。

可是他们瞅不了多久，因为马上就十点了，正是发条装置隆重推出新人偶的时候。

所有人抬着脑袋。因为卡尔意外死亡，反倒让人更加好奇；广场挤得满满当当，瞅不见脚底下的鹅卵石；看热闹的人摩肩接踵，一张张脸活像向日葵，紧盯着钟楼。

时辰已到。古老的大钟嗡嗡作响，发条装置动了起来。首先亮相的是那些熟悉的旧人偶，它们或鞠躬示意或踮起脚尖旋转；圣沃尔夫冈把恶魔扔到身后；大天使米迦勒的盔甲亮堂堂；还有赫尔·林格曼多年前的出师作品：一个小男孩砰的一声蹦出来，对着死神不屑一顾，摇晃手指，然后砰的一声又躲起来。

压轴的是新人偶。

可是并非只有一个，而是两个：两个沉睡的小孩儿，一男一女，如此栩栩如生、美丽动人，压根不像是发条做的。

两个小人偶打哈欠伸懒腰，低头一看，由于恐高吓得紧紧抱在一起，接着又在明媚的晨曦里有说有笑，对着广场周边的景致指指点点。

底下围观的人群叹为观止。

"杰作！"

有人大声喊，还有人赞叹。

"有史以来最佳人偶！"

更多的声音加入：

"天才之作！"

"无与伦比！"

"栩栩如生——瞧它们挥手的样子！"

"这种机会，一辈子也就一次吧！"

可是赫尔·林格曼有点儿疑惑，用手遮着眼睛，瞅来瞅去。还是酒馆老板眼尖，认了出来，开心得大声叫唤："那不是我的葛丽特嘛！她没事儿！葛丽特，待着别动！我们上

去接你！千万别动！我们马上就到！”

走出黑暗，告别过去。

葛丽特把她的心脏献给了弗洛里安王子，如今他们正在眺望未来。

两个小孩很快安全落地。两个小孩。因为王子不再是发条娃娃了，跟别人家的孩子一样真实，将来也是如此。

"给出去的心也要留下来。"卡尔梅尼乌斯博士当初想告诉奥托亲王来着，但亲王无暇细听，对不对？

没人知道小男孩是哪儿来的，连弗洛里安王子本人也记不得了。

人家一致认定他走失了，他们最好小心看顾，也确实这么做了。

至于血刃卡尔的金属骑士，被赫尔·林格曼带回工坊仔细研究。后来有人问及此事，他忍不住直摇头。

"真搞不懂那玩意儿怎么动得起来，"他说，"里面堆满了鸡零狗碎的零件，而且都没有连接好：弹簧破碎，齿轮残缺，机件生锈——全是些没用的垃圾！但愿不是卡尔做的，他的本事比这强多了。总之，朋友们，这是一个谜，我们可能永远猜不透谜底。"

确实，唯有弗里茨可以告诉他们真相，但他吓得天没亮就逃离了镇子，再也没有回来。他流窜到德国某处，当他发现可以通过给政客拟演讲稿挣到大钱，他就决定不再写小说了。

至于卡尔梅尼乌斯博士，谁知道呢？他本来就不过是故事里的一个人物而已。

就算比别人知道更多的葛丽特，也绝口不谈此事。她的一颗芳心虽然给了出去，但也留了下来，所以小王子才从发条娃娃变成大活人。从此他们快乐地生活在一起，这就是故事的结局。

夏洛书屋

（美绘版）

天猫专区

微信公众号

［注］"夏洛书屋"相关图书当当、京东、亚马逊、天猫及全国新华书店均有销售。